KB125875

문의 가는 길

문의 가는 길

엄태지 시집

44

시와정신시인선

시와정신사

■

시인의 말

그동안 써온 시를 모아 한 권의 시집으로 엮었다.
내 새로운 시작점이다.

아주 작은 것들과
깨지고 부러지기 쉬운 것들을 잘 볼 수 있는
내게 혜안이 왔으면 좋겠다.

평온하게 시들과 마주할 수 있기를……

2023년 봄

엄태지

차 례

___ 제2부

제1부

목련꽃 아래서

어둠도 저리 환해질 수 있단다
나는 목련꽃 아래서
목련이 피워 올린 지층의 어디쯤을 바라본다
뿌리로 뻗어갔을 구간과
별자리처럼 펼쳤을 그 노동에 대해
보아라, 지상의 푸른 나무 아래를
거기 우리는 의자 하나 놓고 앉아
다만 꽃과 그늘진 바람에 관해서만 이야기하지
저토록 환한 순도의 노동을 기억해주었던가
저 눈부신 물빛
뿌리가 밀어 올린 어둠의 흰 근육들이 툭툭 불거진다
물관으로 이어진 막장
갱도는 목련 꽃송이만 한 불빛으로 환했다고 하자
그리하여 목련이 핀다
나는 이제야 고개를 들고 본다
저 노을과 강과 한 마리 날아가는 저녁 새
무엇이 지고 흘러가는 것이냐
어둠을 밟고 선 지상의 불빛이여
어둠이 아니었다면 어떻게 일어났겠느냐

목련은 송이송이 어둠을 켜 들고 있다
무수히 뻗어간 뿌리의 불빛을

주름의 귀퉁이

팔순 노모가 내 저녁밥을 퍼주고 앉네
상 귀퉁이에

저 자리는 언제나 비좁은 자리지
한쪽 면을 다 차지해도 귀퉁이로 몰리는

귀퉁이로 앉아
구부정하게 쌓아 올린 저 수북한 주름

주름이 숟가락을 들고 주름이 우물거리다
또 한 겹 주름을 늘려가는

나는 그것을 뒤적이다
한쪽 끝을 잡아당겨 보는 것이지
주욱 풀려나오는 주름의 일생

한 여자가 달려 나오고 올망졸망 붙어있는 입들
주위가 밝을수록 더 깊이 어두워지는 주름 속이었지

한 뭉치 주름으로 나의 면이 생겨났고

나는 면과는 가깝고 밥솥과는 멀고
귀퉁이와는 뚝 떨어져 있고

우물우물 또 한 숟가락 시간을 넘기는 주름의 입을 보네
한 숟가락 저녁이 툭툭 걸리는
내 면의 귀퉁이를

봄, 촛불

풀들이 꽃을 피울 때였어요
하나씩 촛불을 들고 있는 것 같았죠
어느 광장의 모습을 기억해냈던 것일까요
사람들은 증언자처럼 연속 셔터를 눌러댔어요
초점 밖에서 인화될 노란 군집과
빨갛게 번지는 군락의 타오름
온 들판이 꽃불로 피어올랐죠
이름 있는 것과 없는 것이 구별되지 않았어요
목적이 분명한 개화
나는 들판 밖에서 들판을 보았지요
점점점 경계를 넘어 번져가는 꽃들의 행보
꽃이 아닌 것들도 꽃빛으로 물들고
물들지 못하는 것들은 고도로 떠돌았어요
함성처럼 채색되는 굴곡들
꽃대마다 꽃꽃꽃 찍어 우는 잎새들의 노래
집회처럼 한 계절이 지나가고
또 한 계절이 받아 잇는 축제였던 거지요
얼마나 견고한 어둠을 깨려 했을까요
천수입상의 제단을 밝히는 붉고 노란
촛불을 보았으니까요

민들레 골목

보도블록 사이에서 민들레가 일가를 이뤘다
틈 사이로 늘어선 가구들
골목을 따라 세상 가장 낮은 마을을 만들었다

꽃기둥 하나 올리는 일도 여기서는
수없이 부러지고 허물어지는 일이겠지만
바람벽도 없는 집들의 마을

집값은 오른다는데 저 가난한 꽃들은 내려앉기만 하네

어디 꽃자리별이 있어
그래도 나 여기 살아 있다고 전송하는 건지
안테나처럼 뽑아 올리고
노란 불 하나씩 깜빡거리고 있다

어떻게든 살아내자는 이 가파른 골목

골목은 꽃들에게도 골목
바람은 왜 막다른 곳으로만 밀어붙이는지

틈에서 틈으로만 옮겨가는
꽃들의 분가

어떻게 저기서
갈라진 축대 밑 깨진 다라이 밑 버려진 드럼통 밑 기운
담 밑
밑에서 그래도 새파랗게 살아 붙어

몇 개씩 노란 꽃창문을 열고 있다

스며드는 자전거들

내수자전거포 앞에 층층이 쌓자전거철재고물탑

분해된 부품들 붉게 녹슬어가네

스며드는 거지 어디든

안장은 갯버들로 핸들은 뿌리로

각들은 다 꽃이 되는 거야

날아가는 바퀴들의
북향,
어디쯤이라서 바퀴는 그 먼 나라를 안답니까

깜빡깜빡 구부러진 작은주홍부전나비 별자리 떼

뻐근한 관절들 힘껏 페달을 밟는

달 아래로 자전거들 끼룩끼룩 날아가는

내수자전거포 층층이 쌍자전거철재고물탑

어디로 붉게 굴러가나

유모차들

산덕리 경로당 앞에 낡은 유모차들 놓여 있네
움직이면 여기저기 안 삐걱거리는 데가 없을 것 같네

괜찮은가,
누구에게 물어보는 것인지도 모를 안부처럼
서로 기대고
산벚꽃 넘어가는 앞산을 무심히 바라보는데

꽃빛에도 시큰거리는 뼈마디겠어
바람에도 붉게 기울어지고
가만히 있어도 삭아지는 몸뚱어리들

입 꾹 닫고
낡아가는 것들을 바라보는 봄볕의 시간
묵언은 바퀴처럼 굴러가다가
길을 잃고 서성거리다가 빠져서 덜렁거리는 한 계절을
읽는
침묵의 입들

우두둑 무너져 내릴 것 같은 시절이
붉게 피고 있네
바퀴마다 굴러온 사정이랄까 칭칭 감긴 길
봄볕은 또 한 세월을 밀고 넘어가는데

물의 각주

수삼저수지에 와서 보아라
받아낸다는 말을 제대로 읽을 수 있을 테니

얼마나 저를 얼렸다 풀기를 반복했을까를 넘기다 보면
찰랑거리는 행마다 산으로 푸른 음절들
봄꽃이 져서는
한 생애가 붉은 빛으로 흘러가는데

그 힘으로 하늘을 받는다 하지
안다 꽃잎의 한 철이 여기에 머물지 않음을
새들이 왔다 돌아가는 곳이 어느 외진 별일지는 모르겠
지만

내 얼굴이 물주름으로 출렁인다
흘러왔으므로 또 어디론가 흘러가는 주름의 행렬

모든 것이 섞여 하나의 세계를 이룬다
받아낸다는 것도
내려 물그림자가 되는 일도 그 안에서의 일

눈 내린 얼음 호수를 기억한다
겨울새들의 행로를 더듬던
그 꽝꽝 얼어 터지던 봄의 소리

나는 수면에 내 얼굴을 내려놓고 들여다본다
어디로 흘러가는가
물의 행간으로 낙화의 늦은 봄꽃이 내리는데

햇살 자전거

아이가 힘껏 자전거 페달을 밟는다
반짝이는 바퀴
위험해, 커브가 살짝 핸들을 흔들 때 햇살이
바퀴의 중심을 잡는다

큰길을 지나 철길을 넘어 과수원 울타리를 따라
하늘 높이 하늘 높이 날아오르는 파랑새
너무 멀리는 가지 마렴,

햇살이 은빛 속도를 따라간다
비탈길을 내달리는 휘파람
동그랗게 당겨진 입술이 멀리 더 멀리로 구렁을 밀어냈다
팽팽하게 차오르는 바람의 지평선

등이 활처럼 휜다
무지개를 쫓아가는 5월
햇살 자전거가 달려간다
바퀴에 감기는 산맥들

감겼다 풀어지는 오솔길들
조심, 덜컹 뛰어드는 풀꽃들
종아리에 강물 같은 햇살이 차오른다

울근불근 페달을 밟는 너머로 저 너머로
햇살의 힘이 밟고 가는 자전거
차르륵 차르륵 봄이 감긴다

봄 공양

상가 앞 길바닥 좌판에 할머니들 앉아
봄나물 탑을 올렸다

플라스틱 바구니를 기단으로
돌미나리 해쑥 달래 돌나물 민들레

봄 탑은 자꾸 허물어져 내리고

저 갈퀴 같은 손은 어느 석공 아낙의 인심인지
한 움큼씩 더 올려 무너지는 탑신을 세운다

탑 탑이 발우불심
용암동 공양보살님들 합장으로 한 탑씩 모셔가는데

오늘 저녁 공양은
허기의 생불에 봄 탑 한 바구니씩 들이는 일

집집이 절집 등을 밝히고

달그락달그락 돌미나리경 해쑥경 달래경
탑경을 외느라고 우물거리겠다

막걸리 한 병 놓고

인력사무실 앞 평상 위에서 두 남자가
초한의 승패를 겨룬다
이기는 법보다 지는 법에 더 익숙해진 저들의
공치는 날,
얼마나 많은 패전에서 살아 돌아온 장수들인가
한 수마다 필살의 힘이 들어간다
그래 언제 퇴로를 걱정하고 산 적 있었던가
몸 하나로 버텨온 저 걷어붙인 상흔의 팔뚝
쩔러오는 급소를 피한다
접전, 이쯤에서 승부수를 던져야 할 때
수많은 패전의 기억이 또 장고에 들게 한다
던지는 족족 패착에
거우 목숨 건져 단기필마하길 몇 번
가세는 기울었다던가 얼만큼 기울었다던가
폭삭 망했다던가
말발굽 소리 난무한다
지다 보면 이기는 법도 터득할 법한데
한 방, 일도필살을 노리는가 이 판에서
초로의 장고가 길어진다

장미

저것은 허공
먼 우주에서 날아온 어느 뜨락의 한 잎
또는 바람이 남긴 족적

울타리에서 장미가 제 우주관을 펼쳐 보여요

노을이라고 해도 되겠고
두고 온 어느 한 때라고 해도 되겠어요

꽃으로 한 순간
흩어져 바람으로 한 순간
강으로 흘렀다가 돌아와 내 화분에서 자라는
가만히 들으면 사막을 건너는 낙타의 방울소리가 들려요

무수한 이름들이 참 붉어요
네 안에서 반짝이는 별들아
풀들아 나무들아 내 곁을 스쳐간 주름들아

하나하나 떠올려보면
붉지 않은 것이 없어요

장암동 연꽃방죽에서

청개구리 한 마리가 연잎에 앉아
연꽃방죽을 꾹 누르고 있다

가볍디가벼운 무게가
제 중심을 잡고 앉자
출렁임이 딱 잡히고 중심이 섰다

누구신가,
법문 한 줄 욀 것 같은 저 자세 좀 보셔

야단법석으로 피어 앉는 꽃들의 중생

개굴개굴개굴
이 뭔 소리꼬, 귀 있는 자만 알아들으라는 건지

첨벙,
한 깨달은 자가 세상으로 첫발을 내딛듯

첨버덩,

뛰어드는 고 후 불면 날아갈 것 같은 것의 한 첨버덩이

장암동 연꽃방죽이 출렁덩
출렁 넘쳐서 무심천으로 흘러들고

무상사,
청주 사람들 보느니 듣느니 세존께옵서 말씀하시길

개.굴.개.굴.개.굴

청개구리 한 분이 이쪽에서 저쪽으로
혈연단신으로 건너가시는데

연잎과 연잎 간격에 하늘이 들었다

기우는 집

나는 왜 지금 굴피지붕 귀틀집을 생각했을까
노인은 성당 앞 돌계단에 앉아 있다

벽촌의 폐가처럼
누구 없냐고 문을 흔들어도 묵묵부답
기우는 굴피집 한 채

그 많던 사람들은 다 바람으로 돌아갔을까
봄볕도 허물어지는 적막
산벚꽃 피듯 누가 저 닫힌 문을 열어주었으면

봄꽃은 하르르 피었다 지고

동박새라도 한 마리
아무 일 없이 찾아와
시시콜콜 제 날아온 길을 재잘거려준다면

참 아득도 해라
나른한 등벽에 나비경첩 한 벌

열렸다 닫히는 나풀거림이 어느 세상 문을 여는가

초점도 없이 노인은 계단을 오른다
시큰
기우뚱 또 한 치 북망으로 기우는 집

삐거덕 틀어졌다 일어서고 삐거덕 일어났다 틀어진다
누가 수리 좀 해줬으면
저 막막한 몸 한 채

겨울 강

나는 이쪽에 서 있다 궁촌리 겨울 강
그 위에 눈은 내려 모든 경계는 모호하다
그러나 저 얼음 아래로는
얼마나 깊고 건강한 강이 흘러가는가
나는 쩡쩡 갈라 터지는 강의 소리를 듣는다
울음이었다고 하고
직벽의 낙화와 같이 떨어져 내렸다던가
그런 까닭에 이제 모든 지점이 한 곳에서 만나
또 다른 우화의 세계로 흐른다
어디이던가 바다도 끝이 아니었으므로
물은 하늘빛 서녘
무너져 내린 꽃무리의 계절과 허옇게 드러난 뿌리에서
까지
반짝이는 반짝이는 별을 떠올린다
지금 강은 얼어서 눈에 묻히고
누가 저 여백의 흰 등뼈에 갑골문으로 저를 내려놓았는가
"미치게 사랑한다"
아, 봄이면 강은 저 미친 사랑도 풀어 안고 흐르리라
어디 한 번이라도 얼어 터져 보지 않은 생이 있었을까

내면은 그리하여 소용돌이치고
바다를 지나 모든 기도가 가 닿아야 할 거기 어디
꽃이 핀단다
나는 거기 꽃을 향해
오늘 겨울 강의 흰 등을 밟고 건너는 것이다

목련공원 가는 길

시립공동묘지 목련공원 가는 길
장의차를 따라 빠르게 지나가는 장례행렬
누군가를 애도한다는 건 저 속도로 묻힌다는 것인가
묻히는 사람이나 묻는 사람이나 잊히기는 마찬가지
떠밀려간다, 유턴구간도 없는 외길
그곳엔 영혼들이 목련꽃으로 핀다지
우린 이생에 오기 전 목련이었는지 몰라
누가 알아냈을까 그 먼 나라의 기억
목련공원,
가는 길이 정체된다
천천히 옷을 여미고
내가 나를 위해 목 놓아 울어보라는 것이다
그리하여, 한 겹 한 겹 벌어진다
목련꽃,

〈시작노트〉

목련꽃이 피는 봄이었다. 나는 전화를 받고 있었고 우리는 서
로의 안부를 물었다. 그때 장례행렬이 지나갔다. 시립공동묘지
로 가는 길 목련공원, 사람들은 말한다. 공동묘지 이름이 무슨 놀

이동산 이름 같다고, 어떤가 사랑하는 사람을 보내는 슬픔도 목
런꽃처럼 송이송이 벙근다면 말이다. 소복의 꽃으로 피는 그 희
고 환한 레퀴엠, 그때 나는 죽음과 생의 관계를 생각했다. 피었다
지는 꽃의 순간, 생이란 얼마나 아름다운가, 풀 한 포기 돌 하나,
잠깐 꽃처럼 왔다 가는 이승의 생에 관하여, 장례행렬은 지나가
고 목련도 꽃으로 한 생을 건너가고 있었다.

어느 봄날

또 보건소 가는 길이신가
노인은 버스를 기다리고 있다

주름을 추스르는 동안
봄날은 자꾸 흘러내리고

이 산 저 봉분 옮겨 읽는 뻐꾸기 축문 소리

삐걱거리는 게 어디
통풍 들락거리는 노구일 뿐이겠는가

툭툭
생강나무에서 쏟아지는 노란 알약 같은 꽃잎

생을 다한 꽃숭어리를 싣고 오는지
버스는 오지 않고

욱신욱신 붉어지는 저 산산이

동천에 꽃이 피는가
한 몸이 지고 있다

댁들 위는 건강하신지

다리 밑을 지나는데 다리 위가 불안하다
쿵쾅거리는 불규칙
언제 성수대교 무너지듯 무너져 내릴지 모를
위의 부실
전체에 이상 증상이 나타난다
모든 것의 저변, 등판과 골조 같은
나와 당신으로 이어지는 관절 같은 곳
위란 그러하여 항상 관리대상이다
처음부터 부실한 건 없었을 테니
받아주고 내주고 하다 곳곳이 부실해지는 터다
아직은 벌어진 데 없고 주저앉은 데 없다고
삭아지는 데 없고
다만 선천적상판이상박동증 같은 것 하나쯤이야 없겠냐
하는 사이 순환계에 걸리는 과부하
소모품 몇 개쯤 갈아 끼우는 건 다반사라고 한다면
보수, 진단 교체만으로는 행보불능에 빠지게 된다
정확한 신호체계로 교차하는
위가 건강해야 소통이 잘 된다는 것
순환에 이상이 안 생긴다

요즘 위가 하도 막막해서
다리 밑을 지나다가 세상의 다리 위가 궁금해져서
쓸어보는 것이다
댁들 위는 건강하신지

꽃분홍 주름론

폭설에 모든 것이 묶였다
제기랄, 투덜거리는 이 아침의 모든 것들을
지구는 괄호처럼 묶고 있다

지구 대괄호론
저 우주의 별도 끌어와 묶는다고 했다던가
어느 선지자가 깨달았다는 괄호였는지

과꽃이 외계고 쑥부쟁이가 내계이지 않다는 설

총총한 여름 하늘 어느 별 하나가
나 살던 고향이었다던가
담 밑을 돌아가며 피던 봉숭아꽃
입술에 남아 있는 이름들이 아직
거기 살고 있을 것 같아

철퍼덕 떨어지는 눈 뭉치에
이 커다란 괄호의 깊이를 쓸어보는 것이다
길은 질척질척 풀리고 한쪽 괄호문을 밀고 날아가는

붉은 부리의 미지수들

내가 어느 조류의 배를 빌어 다시 이 세상에 나올 것 같
아
팔순 넘은 어머님 귀에
대괄호론을 설파해보는 것인데

뭐라고 대갈논이라고?

어디 귀머거리 별자리 무논에 봄물 드나
찰랑찰랑 주름에 넘치는 우리 노모의 꽃분홍주름론적
대갈논

탑을 쌓는 남자

분평카센터 주인 남자가 바퀴를 빼서 쌓고 있었네
길을 감았다 풀었다 하는 사이 얇게 가벼워진

그 길의 기원을 찾아가는지
저 남자
컴프레서 스위치를 올리고 또 한 짝 바퀴를 빼는데

제 발바닥을 대하듯 손끝으로 바퀴를 쓸어보는데
등 뒤에서 돌돌돌
어느 지나온 길 한 줄 풀어내는가 고물 컴프레서는

남자는 또 한 단 바퀴를 올리고

층층이 올라가는 분평카센터 십오 층 바퀴들
거기 앞뜰에
길을 찾아가는 탑이 놓이는 것 같아

나는 툭툭
바퀴를 두드려보는데

그는 말없이 또 한 짝 화물차 바퀴를 빼고

목재소 앞을 지나다가

목재소 앞을 지나다가 보았습니다
나무는 층층이 울음을 받아 적었다지요
목판을 받아내는 손도 그러했다네요

날개를 가진 것들이 슬어놓았을 울음에 톱날이 지나갈 때
어깨에 내리는 생나무 톱밥
그들도 노을에 이마를 대고 울었던 적 있었다네요

하루의 문턱에 울음을 쏟아놓고 넘어설 때
또 하루는 어디 닿을 곳이 있어 잎맥을 뻗어갈까 싶었지요
여기와 저기를 건너다니며 우는 생이란 게

한 왕조의 실록처럼 장경각 목판처럼
거창한 내력일까마는
저 노동의 집중이 받아 적는 울음의 변곡

둥근 목판을 보면 난

엘피판 바늘을 그 위에 올려놓고 싶어지지요
둥글둥글 풀려나올
울음의 내력을 듣고 싶어

제2부

홈너머에서

겨울냉이가 농로에 붙어 몸을 웅크리고 있다
인력사무실 연탄난로 가에 모여 있는 붉은 손들처럼
질척거리는 하루 어디쯤
언 깊이를 알 수 없는 길에 뿌리내리고

펼치는 붉은 잎맥들
바람은 치불어 사방이 얼어붙은 길
여밀 것도 없는 형편이란 그저 웅크리는 일이라는 것일까

양지 쪽으로 몸을 기댄 목숨이란 게
가까이 다가가 들여다보면 붉게 살아 붙어
막막하다는 말마다 그래도 꽃눈 트는 자리 보였다

살아낸다는 말이 참 뜨겁다
눈은 무엇의 경계처럼 적요하여
그 경계에 뿌리내린 시간 아득도 하여
빨갛게 부풀어 오르는
아, 저 잎들
잎들

쪼그려 앉아 허리를 숙이고서야 보였다
겨울을 건넌다는
그 얼어 터지는 붉은 시간이

잔디의 방식

잔디가 보도블록 사이를 꿰매간다
수선습성, 전통방식을 고수하는데
절대 연장을 쓰는 일은 없다
닦고 조이고 기름 치는 일은
몽키스패너나 드라이버를 숭배하는 방식
그 방식은 아무리 깊이 박아도 빠져서 기울어진다
연장은 무너짐을 전제하므로
잔디는 처음 지상에 올 때의 방식으로
갈라진 틈을 한 땀 한 땀 꿰매 나가는데
뿌리를 가진 모든 것들이 잔디의 소생방식을 따른다
우리가 찢어발겨놓은 곳에
가장 먼저 달려와 뿌리를 내리는 수선공들
터진 공을 꿰매가듯 탄력 잃어가는 이 지구라는 구를
일사불란하게 꿰맨다
불철주야 박음질
잔디가 전원주택지 공사장 쪽으로 바늘을 꽂아나간다
오래된 방식이다

꽃의 경계

철조망 울타리를 넘어온 라일락이 이쪽에
향초 같은 향기를 풀어놓네
이쪽이 뭐 그리 궁금하다고
저 쪽문의 틈을 비집고 넘어왔을까 몰라

영산홍도 넘어오고
쥐똥나무도 넘어오고

내가 저쪽을 궁금해하면서 늙어가듯
저쪽에서는 이쪽이 궁금한 모양
어쩌면 이쪽저쪽이 한 세계인지 몰라
가고 오는 일이 꽃 한 송이 피었다 지는 일일까 몰라

새 풀 먹인 베옷 같은 꽃송이들이 참 곱기도 하지
저쪽에서 넘겨받은 수의 같은 꽃 한 벌
흰나비가 꽃의 경계를 넘어가네 이 봄날

의자들

골목 안 대문 옆에 의자 두 개 놓여 있네
대문은 반쯤 열려서 녹슬어 가고
골목 밖을 바라보는 의자들

봄볕에도 무너져 내릴 것 같아
봄바람이 스쳐도 시큰거릴 것 같아
뼈마디마다 박아놓은 쇠핀들
빠질 것 같아

바람도 드나들지 않는 적막
저 의자들 없었으면 어쨌을까 이 골목

의자에서 골목이 주름지는 것 같아
삐거덕거리는 골
삐딱하게 기우는 목
무성해지는 정오의 고요

의자가 비스듬 목련꽃 아래로 기우네
툭툭 꽃이 지는 계절
나는

툭툭 적막을 털고 골목을 나오네

세상의 의자들이여
오늘도 삐딱하게 기울어지면서
쑤시는 다리를 세우고 골목에 나와 앉아 있는가

어떠한가,
늘 소요로 삐걱거리는 저 골목 밖이

조의귀뚜라미제문

신발 바닥에 귀뚜라미 한 마리가 밟혀 있다

또르르 또르르

한 울음이 뭉개져 있다

난 걸을 때마다 얼마나 많은 울음을 밟고 왔을까

그래서 내 발은 요족을 앓는다

주기적으로 딱딱해진 울음을 잘라줘야 하는데

나의 칼은 자꾸 미끄러져 내 물렁한 생살을 찢는다

뚝뚝 떨어지는 선혈의 울음통

내 안에 참 선명한 울음이 돌고 있었다는 것

걸을 때마다 그래서 내 길은 또르르 또르르 울었다는 것

어쩌면 귀뚜라미도 요족을 앓고 있는지 모른다

나는 몇 번인가 그의 발바닥에 뭉개진 단명의 생

맑은 노래를 가지라고 으깨진

울음이 걸어와 멈춘 밑창을 들여다본다

귀뚜라미 한 마리가 내 발을 제 발인 것처럼 안고 있다

폐가

어느 영혼의 거처였을까
집 한 채 무너진다

무너지는 것을 소생시키려는지
담쟁이는 삭은 뼈마디마다 제 촉수를 박고
푸른 체온을 밀어 넣는다

누가 저 얼룩의 벽에 무늬처럼 생을 기대고 있었을까
어둠은 더 깊은 곳에서 삐걱거리고
쥐새끼처럼 갉아 들어가는 바람의 이빨

물컹한 근육이 빠져나간 자리에 검은 꽃이 핀다
조금씩 이탈해 가는 문짝
벽에서 벽으로 번져가는 계절은 눅눅해져서
꽃처럼 버티고 있던 것들 떨어져 펄럭인다

돌아간다는 것은 저런 것이리라
담쟁이여 너 또한 어디쯤에선가 기울어지리

네 몇 잎으로 소생을 이룬다면

나 또한
마당에 무성한 풀을 뽑고 봄빛 같은 문창호지를 바르고
저 삐딱하게 기운 대문을 바로 세워 놓겠지만

어느 별로 기우는가 폐가 한 채
길잡이 등처럼
뜯긴 슬레이트 지붕 위에 빨간 꽃대들 올랐다

문의 가는 길

길은 숲에서 끝나 있었지 그 숲에
버려진 구두 한 짝
속에서 냉이가 꽃대를 올리고 있었어

누구의 길이었을까
닳은 뒷굽에 참 여러 번 휘청거렸겠다 싶었네

어쩌면 냉이는 구두를
읽고 또 읽고 점자를 읽듯 꽃을 찾았을지도
젖은 골판지 같은 발바닥으로 길을 읽듯

또각또각 피워 올린 하얀 구두꽃

설마 누가 길을 버리기야 했을까마는
버려진 구두를 신은 냉이가 꽃으로
내게 물었던 것인지 몰라

문의는 어디로 가나요

자작나무도마반가사유상

어머님이 도마를 내려놓으신다
자작나무도마,
나는 무수한 칼자국을 지닌 자작나무를 바라본다
칼과 마주하기 위한 생이란 얼마나 단단해야 하는 것일까
그리하여 흰 붕대로 칭칭 저를 감고
안과 밖을 차단하는 것은 아닐까에 이르기까지
칼과의 대면
어느 교의 경이 저 무수한 칼자국을 받아 지녔을까
도마는,
싱크대 위의 자작나무미륵반가사유상처럼
칼이 지나간 자리는 오랜 사유로 우묵해지고
말씀을 필사하시는지 어머님은
푸르고 긴 푸성귀필체를 자르신다, 칼날은
자작나무 단단한 시간에 일정한 길이로 은유화되고
몇 쪽의 희고 통통한 갑골마늘문자가 칼끝에서
매콤하게 펼쳐진다
다지고 썬 어머님의 도마 읽기
한 냄비 두루 섞여 끓어 넘치는 자작나무의 깊은 칼자국
어머님이 싱크대 위 도마걸이에

자작나무 한 불 깨끗이 닦아 앉혀 놓으신다
모든 허기의 생을 불룩하게 일으켜 세우는
저,
자작나무도마반가사유상

꽃

먹다 남은 순대가
축축하게 물 먹은 순대가 곰팡이 꽃을 피웠다
한 꼬투리 목화송이 같은

꽃 속을 들여다보면
싱싱한 것 푸른 것의 본질은 썩는다는 것 같아서
잘 썩어가는 것이 많을수록 세상은 활짝 핀다는 말 같아
서

저 썩어가는 것이 꽃이다
썩는 내 진동하게 썩어가는
삼삼한 꽃송이

나 건재하게 살아있는 것도
누군가 내 곱창순대가 돼 흐물흐물 썩어가고 있기 때문

한 나무도 뿌리는 썩은 쪽으로 뻗어가고
공중에도 썩어가는 것이 있어 새들이
그 힘으로 해빙의 시베리아 어느 강까지 날아간다고 믿

는데

잘 썩고 있는가
이런 긴말 필요 없다는 거지
밤새 한 꼬투리 꽃을 피운 저 순대를 보면

말하자면

일테면,

내소암사 해우소에 쪼그려 앉아
나와 바닥 사이의 철퍼덕 소리를 듣는다는 것이

그 사이라는 것이,

입술과 숟가락 사이
목젖과 창자 사이
목구멍과 똥구멍 사이

철퍼덕으로 생겨났다 소멸하는 공명의
사이에
파리 한 마리가 쪼그려 앉아 한 생을 건너가듯이

하루를 빌고 또 비는 저 무고한 손바닥이
발바닥이 된 사연이

허공이어서 허공이 참 갸륵한 것인데

나라고 펼쳐 보이는 백일홍이여
목련은 또 얼마나 희게 피었다 졌더냐

한 시절 건너가는
저 사이의 허허로움이 참 먹먹하다는 것이라

내 몇 근의 무게가 그렇다는 것인데

말하자면

벽

가족사진을 걸려고 벽에 못 박을 자리를 찾는데

벽은
못 박기 딱 좋다

어디에 못을 박아도 그 자리가 못 박을 자리다

가끔 못이 튀어나올 때도 있지만

집 한 채가
꽝꽝 울리게 소리를 내지만
그건 못 받아주겠다는 게 아니다

뽑아내면 깊은 못 구멍이 남는
오래된 벽일수록 못 구멍이 많은

대못 하나 들고 못 박을 자리를 더듬는데

내 손이
거뭇한 아버지 등을 더듬고 있었다

윙바디

물류창고 앞에 윙바디들 모여 있다
광야에 내린 독수리 떼처럼
들어 올린 날개는 얼마나 멋지고 당당한지
접으면 빈틈이 없어진다
그러나 나는 저 날개들이 한 번도
펄럭이는 걸 본 적이 없다
더 꽉 닫아걸어야 안전한 길
별은 멀고 곳곳에 블랙 아이스
날아오를 날이 있을 거라는 믿음만 펄럭인다
밀리는 곳곳
정체된 운송료의 막막함처럼
내비게이션도 찾아가지 못하는 목적지가 있는데
무엇을 싣고 어디로 가는가
철커덕 날개가 닫힌다
비상을 위해
천천히 길 위로 올라가지만 아직 난
저들이 날아올랐다는 말을 들어 보지 못했다
너무도 당당하여 슬퍼 보이는 날개

어느 별까지의 운송장을 저들은 가지고 있는 것일까

윙바디 한 대가 속도를 올린다

고드름

끝을 올려다본 적 있으세요
고드름이 뾰족하게 자라서 우리가 그 아래로 걸어갈 때
싹 째려보는
창끝처럼, 어디를 향해 겨누게 되는 것

나라도 저렇게 매달려 있으면 저절로 저런 끝을 갖게 되
겠다
쿡 찍어 덥석 물어뜯을 얼음 포크

누가 이 시큼한 지구의 꼭지를 따서 둥근 접시 위에 올려
놓으라
쪼개다오 균등하게
너인가 내 몫의 한쪽까지 탐하는 게

그 눈빛
손을 놓는 순간 천 길의 바닥
아득하여라 곳곳에 얼어 터지는 아슬아슬함이여

누가 저 얼음송곳에 불을 들이랴

후후 불어다오 뜨겁게
너인가 세상의 평온을 푹 찍어오는 자가
그 절망의 호흡을

그 날카로운
끝을
올려다본 적 있으세요

목공소에서

목수는 나무를 필요한 부분만 남기고 잘라낸다
벌레의 길은 잘려나간 쪽에 있다
나무의 퇴적층을 파 들어간 폐광

어둠 밖에서 펑펑 봄꽃이 필 때 벌레는
간드레 불같은 생을 깜빡이며 저 길을 파고 있었을 것

그때 알았을까 잘려나갈 부분으로
제 생이 지나가고 있음을
처음부터 목수의 톱질 밖에 있음을 알고 있었을까

말랑말랑한 이빨이 파놓은 길은
잘라낼 부분에서 잘려나가고
몇 개의 길이 난로 속으로 던져진다

밖에는 백목련 꽃송이 같은 눈이 내리기 시작했다
목수가 톱을 놓고
그의 길 밖을 바라본다
늙은 등이 꽃벌레의 등처럼 둥그렇다

세상은 톱날 들락거리는 소리로 바람이 불고
그 어두운 벌레의 길처럼
벗어놓은 목장갑이 헐렁하게 놓였다
모든 나가는 길은 하얗게 지워지고

주름, 주련

노인들 칼국수 한 그릇씩 하는데요
주름이 쭉 늘어났다 닫히는 입
국수발에 붙은 주름이 국수 그릇으로 늘어졌다가
후르륵 달려 올라가서는 오물오물 넘어가는데요
저 주름을 삶아내기까지
한 시절이 밀밭이었을 것이네요
밀분을 채워갔을 밀알의 시간과
널판에 치대 지면서 꾸덕꾸덕 밀렸을 한 판
삶은 주름,
뚝뚝 끊어진 굴곡이 쩍 벌린 입에서 턱으로
목으로 주르륵 흘러내리는데요
나는 한 얼굴이
한껏 퍼졌다 오므려지는 것을 바라보네요
툭 불거진 목젖과 오그랑한 입술
한 끼를 밀어 넣는 입이란 저런 것일까요
모든 주름이 딸려 들어가네요
쩍 열렸다 닫힐 때마다 우물우물
삼키는 공복의 목구멍
쏙쏙 들어가 주련으로 깊어지는 주름을 보네요

푹 삶아진 주름발

나는 지금 한 그릇 주련을 읽는 중이랍니다

산벚나무 이야기

산벚꽃이 지고 산벚나무는
제 가지마다 못을 박기 시작했다는 겁니다
저를 하늘에 걸어보겠다는 거지요
뿌리 깊이 못주머니를 차고
먹줄을 띄워 가지와 가지 간격을 조율해 가는 겁니다
거기가 어딘지는 모르겠습니다만
잘못 박아 뽑아낸 못이 바닥에 새까맣게 떨어졌고요
삐딱하게 측량된 자리마다 뽑힌 못 구멍들
흔들리는 간극도 있어
+나사못이 필요하기도 하겠습니다
저야 보기에
그냥 대충 살지 뭘, 그게 건다고 될 일인가
하는 내 의심은 단칼에 잘려나갑니다
단호하게 제 가야 할 길이라고
저 깊은 허공을 가늠하면서 꽝꽝 때려 박습니다
흔들림을, 느슨함을, 주저앉음을
튀어나온 좌절들 톱날에 잘리고 깎이지요
오직 한 치 한 자 수평계를 놓는 일
틀어진 방향도 두드려 반듯하게 고정시킵니다
반짝이는 촘촘한 조임들

견고하게도 올라간 저 울창함이라니요

나는 보는 겁니다

광대무변을 가르고 재단하는 산벚나무 목공의 한 생애에
대해

꽃의 행방

원룸촌 재활용 수거함 앞에 이불 한 채 버려져 있네
둥글둥글 말린 잠의 무덤
누가 저 무덤을 밤낮으로 폈다 접었을까

푸른 꽃무늬의 무덤을 털면
그가 꾸었을 꿈들이 우수수 떨어질 것 같아
동그랗게 말고 누웠을
선몽도 악몽 같아서 깜짝깜짝 놀라 깨어났을 취준의 시간

어느 영혼의 꿈길이라고
재활용 수거함을 감고 올라가는 나팔꽃 덩굴
꽃의 호접몽 속으로 나비 한 마리 날아드네

꿈이란 게 저리 가벼울 수만 있다면
잠의 무덤에서 나와 검은 해일의 바다를 건넜을지도 몰라
몽환처럼 파닥거리는 꽃잎의 날개

너무도 얇디얇아서 꿈이라고 부르기조차 위험하지

수없이 접었다 폈을 꿈꾸는 자의 무덤

이불 한 채 버리고 간 행방을 따라가 보네

푸른 무늬의 무덤을 열고
노랑나비 한 마리 날아 나올 것 같은 꽃의 행방
나비의 무덤 같아서

개뼉다구

개울물 속에서 정강이뼈 하나가 하얗게 씻기고 있다

한 생을 으르렁거렸을 뼈가

말뚝에 묶여서

말뚝을 제 영역의 중심이라 여기며

밥그릇을 돌다 멈춰서 하늘을 향해 컹컹 짖던 뼈가

마대자루 같던 것이

꾹꾹 눌러 담은 자루 하나가

누가 그 자루를 갈라

저리도 뽀얀 속을 꺼내 주었을까

들여다보고 있으면 흐린 물그림자 아래로

한 생이 씻기는

울음 한 줄 쟁쟁 울릴 것 같은

저 한 마리 개뻑다구가

못에 대하여

못을 뽑다 보면 알게 된다
못은 벌어지는 데와 이어야 할 자리에 박힌다는 것
모든 덜렁거리는 곳에 못이 필요하지
아주 사소하다고 여기는 것에서 우리는
그렇지 않다는 걸 무수히 보아오지 않았던가
소리 없이 무너져 내리는 곳의 방관
무엇이 세상의 갈라진 것을 잡고 있는가
썩은 것을 잘라내고 거기 굵은 대못질 할 때
깊이 박히는 못의 힘으로
오늘이 순조롭게 돌아간다는 사실
거대한 것으로 혹세무민하는 것들에 의해 틈은 커진다
있어야 할 자리에 촘촘히 박혀 빛나는 저 못대가리들
어찌하여 못대가리라고 멸시하는가
저들이 없어도 서 있을 건 다 서 있다지만
저들이 들어갈 자리에 저들 아닌 것을 끼워넣기할 뿐
부실은 붕괴를 부른다
기우는 어디
못이 지탱하고 있다
있는 힘껏 잡아 뽑아야 우지직 뽑혀 나오는 못의 힘
전몰병사의 유골처럼 쌓여있는 저 구부러진 못들

모과

차 트렁크를 여는데 모과가
거기서 산통으로 끙끙 썩고 있는 거라
그 돌덩이 같던 것이 찐득찐득 썩느라고
흥건하게 쭈글쭈글 그러고 있는 거라
검은 비닐봉지가 산실이라도 되는 줄 아는지
캄캄한 어둠 속에서 혼자 끙끙거리는 모과의 분만
속에 다닥다닥 붙었을 씨를 위해
옆구리, 등어리, 숨골
꾹꾹 찔러보면서 골고루 익혀 썩혔을 거라니
저 냉골 철판 바닥에서 어쩌자고
어쩌자고 몸을 풀려는가
대책 없는 모과의 산통
나는 하나하나 때를 짚어보는데 아직
몸 열리기는 멀었고 끈적하게 묻어나는 모과 향
생살을 썩히는 거라
이리 내둘리고 저리 처박히고 데굴데굴 굴러다니면서
푹 썩어갈 모과가
울퉁불퉁 생과 사가 목전인 한 생이 내 옆구리를
쿡쿡 찔러보는 거라
댁네 애는 잘 뿌리내리고 있느냐는 건데

제3부

기우는 고물들

그가 탑을 모시러 왔다
커피자판기 앞 층층이 버려진 고물들

자판기를 본존으로
깨진 고무물통 위에 귀 떨어진 압력밥솥 위에 버려진 양
은냄비

어느 한 층에 올려놓아도 잘 어울릴 것 같은 그가
오늘보다 내일이 더 찌그러질 것 같은 그가
검은 불자국을 가진 그가

목장갑을 벗고 자판기불존에 동전을 넣는다
딸. 깍. 딸. 깍 뭔 말씀인가
한 잔 쑥 내미는데
바로 비우지 못하고 들고 있는 저 뜨거운 것

후후 불어 넘기는데
무엇을 주고받았는지

신문지 위에 라면박스 위에 구겨짐으로 요약된 종이컵을
올리고
그가 탑 하나 모셔간다
하루가 당겨졌다 늘어났다 불안불안 굴러가는 리어카

어디 재생의 고물사가 있어 가는가
덜컹, 서녘으로 기우는 고물들

도축장 가는 길

이 길은
우회할 길도 빠져나갈 길도 없다
소 실은 차를 따라갈 뿐

덜커덕거릴 때마다 그 커다란 눈을 보면서
내달려온 길이 덜커덕 뛰어올랐다 내려오고

그곳 가는 화물차는 급할 것도 없이
경적을 울려대던 차들은 고분고분 따라간다

이 길에 언제 이런 꽃나무들 심어져 있었는지
꽃송이 딱딱 벌어진다
붕붕거리는 꽃향기

소들은 그곳 가는 길 처음부터 알고 있었을 터

이 길 끝 어딘가에 있을
그곳
나는 그곳 가는 길을 가고 있다

새집불사

대웅전 기왓장 밑으로 새집 한 채 올라간다
저기가 어디라고 아는지 모르는지
연신 탁발하듯 물어다 올리는 기둥이며 서까래
단칸 샛방 새집대웅전
적막하던 뒤뜰에 불사가 시끌벅적하다
새집불사하고 새들은 부처를 깔고 앉아 밥을 먹고
향불처럼 빨갛게 타오르는 사랑을 할 것이다
세존께서 적적하실까 새끼를 치면서
새끼들을 맡기고 밥을 구하러 갈 것이겠지
그리하여 정좌한 큰스님 면전에 세존께서
당신이나 나나 새발 밑이네 그려 하시는 것 같고
그런 사소한 일엔 관심도 없다는 듯
새들은 분주하게 기왓장 밑을 들락거렸다
아득하였다 몸을 낮추고 종종걸음으로 가야 하는
쥐구멍만 한 길이
저 끝에 있을 얼기설기 새집 한 채
창건불사 중인

봄날이 간다

우리집 뒷산은 토목공사 중
때까치가 먼저 현장사무소를 차렸던 겁니다
곧이어 몰려든 곤줄박이 박새 오목눈이 인부들
푸르지오, 쉐르빌, 펠리스, 하이페리온
이런 이름을 붙이자는 의견이 다수 있었지만 나무들은
떡갈, 참죽, 산뽕, 물푸레, 졸참
우리대로 이름을 붙이기로 했답니다
가문비아파트, 노간주, 물푸레, 꾸지뽕아파트
차례로 입주가 시작된 겁니다
가장 넓은 평수 느티아파트 전 세대 통째로 분양 완료
사이사이 저층 특화 작은 평수 넓게 쓸 수 있다는
패랭이연립도 마무리 중
우리식으로, 두두두두 딱따구리 현장소장
입주 환영 현수막을 거는가 봅니다
공사는 구역구역 계속될 거라는
봄날이 갑니다

주택난

콘크리트 바닥
금간 아스팔트, 배수구, 돌계단, 깨진 벽
틈마다 주택난이 심각하다

칼 틈에서 겨우 살아 붙은 풀들의 지번

저러다 저 풀들 애 못 낳겠다고 하면 어쩌나
한 덩굴 뻗는데 30만 원씩 준다고 할 수도 없고

어쩌나
노랗게 빨갛게
머리띠를 두른 풀들의 시위

내년 봄이면 제주도서 시작해 전국에서 들고일어날 텐데

당국자는 대책이 있는가
지칭개꽃을 대신해 물어보고 싶은 이 궁금증

골목 축대 밑에서 쓰레기장 공터로 옮겨가는

풀들의 행진

공동주택관리법에 우리의 요구도 반영하라

1. 조경수만을 위한 택지 제공은 어떤 경우든 금한다.
2. 조경지역은 최소한의 경우만 인정한다.
3. 모든 주택지는 자연친화적으로만 개발하여야 한다.
4. 그 외 모든 지역은 나무나 풀들의 절대 주거지로 한다.
5. 임의로 자연을 훼손한 자는 그 자리에서
   백 리 밖으로 추방한다.
6. 정부는 인간과 자연은 함께 살아가는 관계라는 것을
   5세 이상 국민을 상대로 년 4회 이상 교육하여야 한다.

하라, 하라, 하라,

월령리 바다 슈퍼

월령리 바다 슈퍼는 슈퍼가 바다일 것 같아

문을 열면 왈칵 파도가 쏟아져 나올 것 같지

새우깡의 새우들이 툭툭 몸을 펴고

다시 어로를 여는 캔들의 은빛 갈치 떼

누가 저 어종을 통조림 속에 가뒀을까

진공의 바다를 따면

막막했던 부레들이 깨어나 아가미를 여는 아침

검은 돌담의 골목이 수로로 열릴 것 같지

어쩌면 저 바다 슈퍼 주인은 때를 기다리는지 몰라

파도를 부르는 유리창

윤슬의 진열대

어쩌면 그의 안에 바다를 들이고 싶은 건지 몰라

파닥거리는 푸른 지느러미들의 심연

월령리 바다 슈퍼

문을 열면 그의 썰물이 왈칵 쏟아져 나올 것 같지

창세론

메론바는 실온에 오래 둘 것
흘러내리는 것이 지상을 풍성하게 하므로

잘 큰 나무를 보면 군침이 도는 이유
땅에서 난 것은 땅으로 흘러내릴지니
지상의 비옥함을 위하여
익어가는 모든 주름은 녹아 풍요로울지어다

군침 도는가 입들이여
잘 녹아 합일할지니
서로의 식탁에서 너는
나에게로 스미는 지상의 섞임

모든 뿌리의 근원은 돌아감에 있으므로
무덤에서 무덤으로 건너가는 꽃들이 있다고 치자
그대들에게서 어느 별의 치자꽃 향기가 난다면 어떨까
이 지상의 끈적함이여

창세로부터 흘러내리는 저녁

메론바는 멜론으로 건너가는 허공이 있을지니

귀 있는 자 들을지어다

물집

백목련 꽃망울이 터진다
떡떡 벌어지는 저것이 발바닥 물집 같아서

저 지경이 돼서도 올 만한 여긴가

누구는 신발짝만 한 귀 같다고 하고 난
나무의 발바닥 같다고 하고

그 속으로 날아가는 나비들의 붉은 족문이 보이지

상처에서
한 잎 한 잎 끙끙 앓는 냄새가 나

온 삭신이 하얘지는 만개

욱신욱신 터지는 물집마다
무엇이 있어 저리 탱탱하게 부풀어 올랐을까

백목련 아래

떨어진 거뭇거뭇 터졌다 아문 물집들

어디로 간 길인지

우리의 제사

아버지는 뿌리를 말씀하고 계셨다
제상 앞에서 어린 손자들은
그 긴 뿌리를 하품 반 졸음 반 더듬고 있었다
홍동백서가 올라가고 탕이 끓고
어느 뿌리 긴 별자리에서겠지 증조부께서 오셨다
순서대로 식구들 늘어서니
한 가문을 밝히는 촛불이 켜지고
잊지 말라고 아버지의 뿌리가
넝쿨져 뻗어갔다
향은 하늘을 알리고
술은 땅에 알리니 우리 넝쿨들 일제히 엎드리는데
그동안 뿌리내리느라고 바닥에만 붙어 있던 발들이
발바닥을 하늘로 모았다
어린 발들은 꼼지락꼼지락 제 뿌리를 다듬는지
덩굴지는 우리 엎드린 등 위에
꽃같이 순한 촛불 두 자루가 환했다
지방이 내려지고
산 자가 죽은 자를 배웅하는 문 앞
흐트러진 신발들 겹친 코끝이 서로에게 기대고 있었다

또 어딘가로 뿌리 내릴 저 낮은 굽들

상 앞에 둘러앉으니 서로에게로 무릎이 가 닿았다

가구의 용도처럼

사람을 쓰는 건
가구를 고르고 사용하는 것과 비슷하다
재질이 좋아야 하지만 반드시 그럴 필요는 없다
어떤 용도로 쓸 것인가에 맞춰서 보면 된다
옷장을 이불로 사용할 수는 없으므로
주변과 잘 어울릴 수 있을지
주위 환경에 무리 없이 배치 가능한지 살펴야 한다
늘 닦고 조일 것
쓰다듬을 것 매만지는 만큼 빛난다는 사실
조심조심 다뤄야 한다
못마땅하다고 폭력적으로 사용한다면 버리겠다는 것이
나 다름없다
절대금물, 한 자리에 너무 오래 두지 말고
가끔 이동 배치하는 것도 괜찮다
옮길 때는 심사숙고할 것
옮긴 자리가 안 맞을 수 있으므로
많은 것을 담으려 하지 마시라
크기만큼만 사용하되 항상 여유를 두길
소리가 날 땐 틀림없이 문제가 생겼다는 것
사소한 일이라고 치부 말라

그것으로 전체가 망가질 수 있거나
버려야 할 수 있으니까

저쪽

늙은 나무의 뻥 뚫린 썩은 구멍을 들여다보네
이쪽에서 저쪽으로
저쪽에서 이쪽으로 관통된 구멍 밖

이쪽 시간이 저 썩은 구멍으로 빠져나가
저쪽에서 꽃으로 환원되었을까

이쪽에서 이밥추가 꽃대 올릴 때
저쪽에서 초롱초롱 달리는 꽃망울들

늙은 나무가 조금씩 시나브로 썩어가면서 세운
이쪽과 저쪽의 경계
경계는 허물어지는 것이라 경계라던가
8월의 빛이 저쪽에서 들어
이쪽이 환하네

온다는 말과 간다는 말이 피고 지는
늙은 나무의 썩은 구멍 밖
누구의 무덤인가 둥근 저 빗살무늬 꽃그릇은

능금경

어머니가 마지막 사과를 꺼내놓는다
얼마나 오래 잊고 있었던지 반 곯은 사과
주름을 들여다본다

사과의 주름이 어머니에게로 옮겨간 것인가
사과를 깎는 손에
목에 얼굴에 주름투성이

갑자기 주름지는 것은 없지
골판지 박스 안에서 혼자 물러가는 것처럼
아무도 눈치 채지 못하게 서서히 썩어가는 것처럼
주름 불사하고 받아 쟁인

우툴두툴 붉은 능금경
어머니가 주름의 표지를 깎아내고 속경을 잘라놓는다
말씀도 없이 반듯반듯 열어놓는
씨점자로 요약된 한 생의 줄임

한쪽을 내 안에 들여 놔 본다

어머니의 속경 안에서 나는 아직 발아 전
주름들이 썩어서 물이 되고 흙으로 스며들어 흙이 되고
그리고 나서야 씨가 된다는

어머니가 펼쳐 보이는 붉은 능금경

내일의 소사

지상작전은 일몰과 함께 시작됐다.
해 지기 직전까지 공군과 포병부대를 동원 접경지대를
집중 포격한 뒤 지상군을 투입했다.

민간인 피해가 속출했다.

육군의 주력인 메르카바 전차가 앞장섰고
보병부대가 뒤따랐다.
하마스는 박격포 등을 쏘며 격렬하게 저항했다.

어린이와 노약자들의 사상자가 많았다.

자발리야, 베이트 하눈, 베이트 라히야
북부 도시에서 치열한 교전이 벌어졌다.

인명 피해가 계속 늘어나고 있다.

가자시티 남부 네차림 지역에서도
탱크 150대가 관측됐다.

얼마나 더 많은 인명 피해가 날지 모른다고 했다.

밤눈

어머니 여긴 오늘밤 꽃송이 같은 눈이 내려요

귀 기울이면 들릴까
우리 어머니 오는 소리
들릴까 문에 귀 대면

어디 산골짜기에선가 사그락사그락 치마 끌리는 소리

밤눈은
어린 고라니 울음소리에 휘돌다가
우리 어머니 무덤 잠든 베개 밑에 쌓이고

소리도 없이
소리도 없이

문에 귀를 기울이면
그리움 같은 눈송이는 점점 멀어져
어느 낯선 별 낯선 마을 빠알간 창문 아래서 휘날리는데

그녀의 수선집

실을 꿴 귀가 들락날락 천 사이를 들락거린다
저 작은 귀를 그녀는
어쩌면 저리도 잘 부리는지
낙타는 바늘귀를 통과하지 못하지만
바늘귀는 낙타를 단번에 꿸 수 있다는
그녀의 수선집
밤늦게까지 귀를 몰고 사막을 건넌다
가끔 졸음에 걸려 비틀거리기도 하지만
귀를 탓하지 않는다
부리는 자는 부리는 자신을 탓할 뿐
그리하여 사람들은
튼튼하게 수선된 작업복을 입고
사막의 도시를 꿰매고 갈 것이다
주에서 야로 야에서 주로
이때 그들은 귀를 찬양하게 될 것이다
세상의 모든 찢어진 곳에 선지자와 같은
그의 귀에 대하여
자신만만 용암동 그녀의 수선집

돌돌돌돌

그녀는 사막을 건너는 중

생을 건너가는 힘,
그 역동적 서정성의 아름다움

박진희

    엄태지 시인이 첫 번째 시집을 상재한다. 2018년 등단했으니 등단한 지 5년 만에 시집을 내는 셈이다. 짧지 않은 시간 동안 써온 시편들임에도 여기에서는 일관되게 천착해온 주제가 뚜렷하게 드러난다는 특징이 있다. 그것은 낮고 낡고 처연한 존재들에 대한 오래고 깊은 응시와 사랑이다.

    일찍이 백석은 시인을 '슬픈 사람'으로 언명한 바 있다. "진실로 인생을 사랑하고 생명을 아끼는 마음이라면 어떻게 슬프고 시름차지 아니하겠"냐고, 시인이란 "세상의 온갖 슬프지 않은 것에 슬퍼할 줄 아는 혼"이라 했다. 슬픔에 예민한 존재가 시인이라는 의미일 터다. 시인이라면 슬품에 예민해야 한다는 뜻이기도 하다. 이때 슬픔이 개인에 한정된 구심적 정서가 아님은 물론이다. '세상', '인생', '생명' 등, 타자와 세계로 확장된 슬픔이기 때문이다. 이러할 때 슬픔은 사랑과 다른 것이 아니게 된다.

이런 맥락에서라면 엄태지는 '시인'임에 틀림없다. 그의 시를 읽어보면 엄태지는 '슬픈 사람'이자, '슬퍼할 줄 아는 혼'을 지니고 있음이 분명하기 때문이다. 그렇다고 그의 시나 시적 대상이 슬픔에 매몰되어 있다는 것은 아니다. 사실 시인은 슬픔이라든가 사랑이라는 말을 거의 쓰지 않는다. 시인의 시를 읽다 보면 슬픔이나 사랑, 희망이라는 말은 장식장 속에 놓여 있는 유리잔이나 교실 벽에 걸려 있는 교훈 같다는 생각이 든다. 비루한 현실을 한 발 한 발 힘주어 디뎌가는 존재들, '울음'을 살고 '주름'이 되어가는 존재들, 드디어는 녹고 흘러내려 스며드는 존재들이 시인의 시적 대상들인데 이들의 길고 더딘 역사를, 그 뜨겁고 '붉은' 삶을 시인은 이런 관념적인 말들로는 풀어내기 힘들었을 것이다. 그래서 그는 좀 더 실존적인 '울음'이라는 단어를 즐겨 사용하는 것이 아닌가 한다.

1. 울음

겨울냉이가 농로에 붙어 몸을 웅크리고 있다
인력사무실 연탄난로 가에 모여 있는 붉은 손들처럼

질척거리는 하루 어디쯤
언 깊이를 알 수 없는 길에 뿌리내리고

펼치는 붉은 잎맥들
바람은 치불어 사방이 얼어붙은 길
여밀 것도 없는 형편이란 그저 웅크리는 일이라는 것일까

양지쪽으로 몸을 기댄 목숨이란 게
가까이 다가가 들여다보면 붉게 살아 붙어
막막하다는 말마다 그래도 꽃눈 트는 자리 보였다

살아낸다는 말이 참 뜨겁다
눈은 무엇의 경계처럼 적요하여
그 경계에 뿌리내린 시간 아득도 하여
빨갛게 부풀어 오르는
아, 저 잎들
잎들

쪼그려 앉아 허리를 숙이고서야 보였다
겨울을 건넌다는
그 얼어 터지는 붉은 시간이

- 「홈너머에서」 전문

시인의 시선은 부단히 "이기는 법보다 지는 법에 더 익숙해진"(「막걸리 한 병 놓고」) 존재, "수없이 부러지고 허물어지는"(「민들레 골목」) 삶에 가 닿는다. 위 시의 '겨울

냉이'도 이러한 존재를 표상하는 상관물 중 하나이다. 추운 겨울 "농로에 붙어 몸을 웅크리고 있"는 '겨울냉이'는 "인력사무실 연탄난로 가에 모여 있는 붉은 손들"과 오버랩된다. "바람은 치불어 사방이 얼어붙"었는데 "여밀 것도 없는 형편"의 이들은 "웅크리는 일"밖에 할 수 있는 게 없어 보인다. 이들에게 삶이란 '사는 것'이 아니라 '살아내야'하는 것이다. 하루하루가 막막한 삶이다.

그런데 이들은 '막막함' 속에 그저 침잠해 있는 존재가 아니다. "막막하다는 말마다 그래도 꽃눈 트는 자리 보였다"는 시구에서 이를 확인할 수 있다. 무력해 보이던 '인력사무실'의 '붉은 손들'은 "붉게 살아 붙"은 '꽃눈'의 이미지로, "빨갛게 부풀어 오르는 잎들"의 이미지로 전화한다. "얼어 터지는" 겨울의 하얀 이미지와 그것을 녹이는 뜨겁고 붉은 시간의 조응이 처연하면서도 아름답다. 그것은 곧 '막막함' 속에서 묵묵히 겨울을 건너는 존재의 처연함이자 아름다움이다.

중요한 것은 이것이 멀리서는 보이지 않는다는 사실이다. 서정적 자아가 "가까이 다가가 들여다"보고 "쪼그려 앉아 허리를 숙이고서야", "꽃눈 트는 자리"를 볼 수 있었던 것처럼 말이다. 이번 시집에서 그리고 있는 대상들은 시인이 가까이에서 오래, 깊게 응시해 온 존재들임을 느낄 수 있다. 그 대상들이 인간 존재에 한정되어 있는 것도 아니다. 시인 자신이기도 한 서정적 자아는 이들을 응시하던 거리마

저 무화시키고 동일화를 이룬다. 그 매개가 되는 것이 '울음'이다.

> 목재소 앞을 지나다가 보았습니다
> 나무는 층층이 울음을 받아 적었다지요
> 목판을 받아내는 손도 그러했다네요
>
> 날개를 가진 것들이 슬어놓았을 울음에 톱날이 지나갈 때
> 어깨에 내리는 생나무 톱밥
> 그들도 노을에 이마를 대고 울었던 적 있었다네요
>
> 하루의 문턱에 울음을 쏟아놓고 넘어설 때
> 또 하루는 어디 닿을 곳이 있어 잎맥을 뻗어갈까 싶었지요
> 여기와 저기를 건너다니며 우는 생이란 게
>
> 한 왕조의 실록처럼 장경각 목판처럼
> 거창한 내력일까마는
> 저 노동의 집중이 받아 적는 울음의 변곡
>
> 둥근 목판을 보면 난
> 엘피판 바늘을 그 위에 올려놓고 싶어지지요
> 둥글둥글 풀려나올
> 울음의 내력을 듣고 싶어
>
>   - 「목재소 앞을 지나다가」 전문

이 시는 원과 선의 조응으로 '울음'의 의미를 구축하고

있어 이채로운 경우이다. 목재소에서 '나무'가 둥근 목판으로 잘리고 있다. 나이테가 보였겠다. 시인은 이를 "층층이 울음을 받아 적"은 기표로 의미화한다. 그런데 '울음을 받아 적었다'는 표현에서 보듯 그 '울음'은 온전히 나무의 것만은 아니다. 그것은 "날개를 가진 것들이 슬어놓았을 울음"을 자신의 것으로 받아들인 '울음'이다. 타자의 슬픔과 그로 인한 자신의 슬픔이 켜켜이 쌓인 것이 나이테라 보는 것이다. "목판을 받아내고 있는 손"도 '울음'을 받아내고 있다. '나'는 그 "울음의 내력"을 듣고 싶어한다. "울음의 내력"이 '둥근 목판'(원)과 "엘피판 바늘"(선)의 겹쳐짐을 통해 풀어진다는 발상은 타자의 울음을 받아내는 시적 대상들을 환기하게 하면서 의미를 심화하는 장치가 되고 있다. 이 시에서는 이처럼 울음의 주체보다 울음을 받아내는 존재에 초점이 맞추어져 있다.

이와 더불어 또 하나 주목할 부분이 있는데, "그들도 노을에 이마를 대고 울었던 적 있었다네요"가 그러하다. 이토록 순하고 아름다운 슬픔이라니. 무엇보다 "그들도"라는 표현이 절묘하다. 여기서 '그들'은 "날개를 가진 것들"이거나 평생 그 울음을 받아낸 '나무'일 것이다. 그런 '도'라는 보조사로 '그들' 외의 다른 대상 가령 "목판을 받아내고 있는 손"이나 서정적 자아인 '나'도 이 '울음'에 참여하게 된다. "또 하루는 어디 닿을 곳이 있"을까 하는 걱정과 "여기와 저기를 건너다니며 우는 생"은 어느새 이들의 것으로 건너오게 된다. '나도 노을에 이마를 대고 울었던 적 있었는데 너도 그렇구나' 라는 의미를 내포하고 있는 언어가 '도' 인 것이다.

이 시에서 울음을 받아내는 존재들이 전면화되고 있지만, 이들은 곧 울음의 주체이기도 하다. '울음' 을 가져본 자가 '울음' 을 알아보는 법이다. '울음' 을 매개로 주객의 경계를 무너트리고 서정적 동일화를 구현하고 있는 것이 엄태지 시의 특징이다.

「조의귀뚜라미제문」 또한 동일한 문법을 구사하고 있지만, 파괴적인 이미지와 반전으로 서정성을 극대화하고 있는 작품이라는 점에서 주목을 요한다.

신발 바닥에 귀뚜라미 한 마리가 밟혀 있다

또르르 또르르

한 울음이 뭉개져 있다

난 걸을 때마다 얼마나 많은 울음을 밟고 왔을까

그래서 내 발은 요족을 앓는다

주기적으로 딱딱해진 울음을 잘라줘야 하는데

나의 칼은 자꾸 미끄러져 내 물렁한 생살을 찢는다

뚝뚝 떨어지는 선혈의 울음통

내 안에 참 선명한 울음이 돌고 있었다는 것

걸을 때마다 그래서 내 길은 또르르 또르르 울었다는 것

어쩌면 귀뚜라미도 요족을 앓고 있는지 모른다

나는 몇 번인가 그의 발바닥에 뭉개진 단명의 생

맑은 노래를 가지라고 으깨진

울음이 걸어와 멈춘 밑창을 들여다본다

귀뚜라미 한 마리가 내 발을 제 발인 것처럼 안고 있다
            　　　　　　　　　　　- 「조의귀뚜라미제문」 전문

　이 시에서 '울음'은 '신발 바닥'에 밟혀 있는 '귀뚜라미 한 마리'에서 비롯된다. '뭉개진 귀뚜라미'가 떼어내 버려야 할 단순한 사체가 아니라, 현실에 계속 개입하는 존재로 의미화되고 있다는 점에서 이채롭다. '귀뚜라미'는 '울음'이 되어 자아를 성찰하게 하고 변화시키는 기제가 되고 있다. 서정적 자아는 "걸을 때마다 얼마나 많은 울음을 밟고 왔을까"라는 성찰에서 나아가 이로 인해 '요족'을 앓는다는 인식에 이르고 있기 때문이다.

　"내 안에 참 선명한 울음이 돌고 있었다는 것"에서 보듯

이 시에서 '울음'은 귀뚜라미 그 자체이자, '나'의 혈관을 따라 돌고 있는 피와 등가 관계에 놓이고 있다. '울음'을 매개로 '울음'의 주체와 객체의 경계가 무화되고 있다는 점에서 「목재소 앞을 지나다가」와 동일한 구도를 보여준다. 그런데 이 시는 여기에서 한 발자국 더 나아가 밟힌 귀뚜라미와 서정적 자아의 위치를 전복시킨다. "귀뚜라미도 요족을 앓고 있는지 모른다"거나 "나는 몇 번인가 그의 발바닥에 뭉개진 단명의 생"이라는 시구에서 이를 확인할 수 있다.

이 시에서 '울음'은 명사가 아니라 동사이고 관념이 아니라 실존이다. 내가 '울음'을 밟은 것이 아니라 '울음'이 내게 걸어와 멈춘 것이다. "맑은 노래를 가지라고" '울음'이 내게로 와 '으깨'졌다. 이로써 '울음'은 내가 되고 '나'는 '울음'을 사는 존재가 된다. '죽은 귀뚜라미'라는 '울음', '울음'을 살고 있는 '나', '울음'은 이처럼 삶과 죽음의 경계도 넘나들고 있다.

이 시집에서 시인이 그리고 있는 삶은 '울음'과 싸우는 삶도, '울음'에 침잠해 있는 삶도 아니다. '울음'과 함께 '울음'이 되어 그렇게 '얼어붙은 겨울'을 건너는 삶이다. 엄태지 시에서 '울음'은 슬픔을 넘어서는 역동적 정서다.

2. 주름

시인의 작품에서 '울음'과 긴밀하게 연결되어 있는 것이 '주

름'이다. '주름'은 「문의 가는 길」에 자주 등장하는 시적 소
재 가운데 하나이다. 「주름의 귀퉁이」, 「꽃분홍 주름론」, 「주
름, 주련」 등 제목에서도 어렵지 않게 찾아볼 수 있거니와 이
외 다수의 시편에서도 쉽게 눈에 띈다. '주름'에는 오랜 시
간의 흐름이 압축되어 있다. '나이테'가 '울음'의 역사였
듯, '주름'에 포회되어 있는 시간 또한 '울음'을 함의하고
있다. 시인은 존재가 묵묵히 디뎌온 오랜 시간에, 그리고 거
기에 내재되어 있는 '울음의 내력'에 관심이 많다. '주름'이
그의 시선을 자주, 오래 붙잡아 두는 까닭이 여기에 있다.

　　팔순 노모가 내 저녁밥을 퍼주고 앉네
　　상 귀퉁이에

　　저 자리는 언제나 비좁은 자리지
　　한쪽 면을 다 차지해도 귀퉁이로 몰리는

　　귀퉁이로 앉아
　　구부정하게 쌓아 올린 저 수북한 주름

　　주름이 숟가락을 들고 주름이 우물거리다
　　또 한 겹 주름을 늘려가는

　　나는 그것을 뒤적이다
　　한쪽 끝을 잡아당겨 보는 것이지
　　주욱 풀려나오는 주름의 일생

한 여자가 달려 나오고 올망졸망 붙어있는 입들
주위가 밝을수록 더 깊이 어두워지는 주름 속이었지

한 뭉치 주름으로 나의 면이 생겨났고

나는 면과는 가깝고 밥솥과는 멀고
귀퉁이와는 뚝 떨어져 있고

우물우물 또 한 숟가락 시간을 넘기는 주름의 입을 보네
한 숟가락 저녁이 툭툭 걸리는
내 면의 귀퉁이를

- 「주름의 귀퉁이」 전문

이 시에서 '주름'은 팔순 노모이자 그의 길고 지난한 삶을 표상한다. '나'는 그 '주름'을 '주욱' 늘여본다. 그것은 '울음의 내력'을 듣는 행위와 다른 것이 아니다. '주름'에는 "한 여자가 달려 나오고" 그 '여자'에게는 '올망졸망' '입들'이 붙어있다. 여자의 '울음의 내력'은 바로 이 '입들'에서 비롯된다. '어머니'인 '여자'에게 가장 두려웠던 것은 이 '입들'이 아니었을까. 굶기지 않기 위해 더 잘 먹이기 위해 "더 깊이 어두워지는 주름 속"이었을 터다. '나'도 "주름의 입"이 두렵다. 먹는 것이란 곧 사는 것과 같은 것이기 때문이다. "우물우물 또 한 숟가락 시간을 넘"긴다고 표현한 까닭이 여기에 있다. "한 숟가락 저녁"조차도 수월하게 넘기지 못하고 "툭툭 걸리는" 팔순 노모의 "주

름의 입"이 '나'는 못내 아프다.

팔순인 '여자'는 아직도 '어머니'이다. '나'는 노모가 습관적으로 앉는 상 귀퉁이에 시선을 둔다. 귀퉁이는 모서리다. 선과 선이 만나 모서리가 생기고 그 모서리가 있음으로 해서 면이 생긴다. 모서리는 모가 진 가장자리로, "언제나 비좁은 자리"다. "한 뭉치 주름으로", "주름의 귀퉁이"로 "나의 면이 생겨났"다는 인식은 이런 기하학적 이치에서 나온 것이다. "나는 면과는 가깝고 밥솥과는 멀고 / 귀퉁이와는 뚝 떨어져 있다"는 것은 다시 말하면 '어머니는 면과는 멀고 밥솥과는 가깝고 귀퉁이에 자리한다'는 말이 될 것이다. 우리가 '면'과 가깝다면 그것은 '귀퉁이'에 앉은 누군가가 있었기 때문이다.

시인의 이러한 인식은 어머니와 아들이라는 친연적 관계에만 해당되는 것이 아니다. 「꽃」이라는 작품에서 시인은 "나 건재하게 살아있는 것도 / 누군가 내 곱창순대가 돼 흐물흐물 썩어가고 있기 때문"이며 나아가 "싱싱한 것 푸른 것의 본질은 썩는다는 것", "잘 썩어가는 것이 많을수록 세상은 활짝 핀다"고 언표하고 있기 때문이다. 이러한 맥락에서라면 '주름'이 시간의 흐름을 함의하고 있다고 할 때 그것은 결국 '썩어가는 것'이라 할 수 있을 것이다.

메론바는 실온에 오래 둘 것
흘러내리는 것이 지상을 풍성하게 하므로

잘 큰 나무를 보면 군침이 도는 이유

땅에서 난 것은 땅으로 흘러내릴지니
지상의 비옥함을 위하여
익어가는 모든 주름은 녹아 풍요로울지어다

군침 도는가 입들이여
잘 녹아 합일할지니
서로의 식탁에서 너는
나에게로 스미는 지상의 섞임

모든 뿌리의 근원은 돌아감에 있으므로
무덤에서 무덤으로 건너가는 꽃들이 있다고 치자
그대들에게서 어느 별의 치자꽃 향기가 난다면 어떨까
이 지상의 끈적함이여

창세로부터 흘러내리는 저녁
메론바는 멜론으로 건너가는 허공이 있을지니

귀 있는 자 들을지어다

－「창세론」 전문

　위 시에서 '녹고 흘러내리는 것'은 '썩는 것'과 동일
한 의미망에 자리한다. "잘 썩어가는 것이 많을수록 세상
은 활짝" 피어난다는 것과, "흘러내리는 것이 지상을 풍
성"하게 한다는 것은 같은 의미이기 때문이다. "익어가는
모든 주름"도 예외가 아니다. "땅에서 난 것은 땅으로 흘
러내"리고 "익어가는 모든 주름"도 결국 녹아 흐른다. 그

러나 이는 단순히 존재의 종말, 소멸을 의미하는 것이 아니다. 그것은 타자와의 '합일'이고 '스밈'이며 '섞임'이다. '울음' 또한 합일의 매개였음을 상기하면 엄태지 시에서 '주름', '울음'은 세계 내 존재의 삶의 방식과 긴밀하게 관계되어 있음을 알게 된다.

"모든 뿌리의 근원은 돌아감에 있"다. 이런 논리대로라면 우리는 잠시 인간, 나무, 꽃의 모습으로 살고 있는 것일 뿐 '녹고 흘러내려 돌아가게' 되면, 구분이 없는 존재로 바뀌게 된다. 지상에서의 삶도 크게 다른 것이 없다. 우리는 우리 아닌 존재에 기대어 살며, 서로에게 스미고 섞이고 있기 때문이다. 각자도생만이 살길이라는 냉소가 편재하고 있는 오늘날의 사회에, 우리는 담백하게 '각자도생'으로 살 수 없는 존재라는 당위적 사실을 경쾌하게 환기시켜주고 있다.

이 시는 「창세론」이라는 제목에 성서적 문체로 쓰여져 있지만 불교적 세계관을 드러내고 있다. 존재의 변이가 인간과, 인간 아닌 생물의 관계를 넘어 생물과 무생물, 자연과 인위의 관계를 가로지른다는 점에서 불교적 세계관도 초월하고 있는 것처럼 보인다. 가령 「스며드는 자전거들」에서는 "안장은 갯버들로 핸들은 뿌리로 / 각들은 다 꽃이" 되는 것으로 그리고 있기 때문이다. 위 시에서도 '메론바'가 '멜론'으로 건너간다지 않은가. 실로 엄태지 시에서 경계의 무화는 대상을 가리지 않고 이루어진다. 이 시는 세상의 거창한 '론(論)'들의 권위를 희화화하는 느낌을 주는 것도 사실이지만 그 함의하고 있는 의미는 결코 가볍지 않다.

저것은 허공
먼 우주에서 날아온 어느 뜨락의 한 잎
또는 바람이 남긴 족적

울타리에서 장미가 제 우주관을 펼쳐 보여요

노을이라고 해도 되겠고
두고 온 어느 한 때라고 해도 되겠어요

꽃으로 한 순간
흩어져 바람으로 한 순간
강으로 흘렀다가 돌아와 내 화분에서 자라는
가만히 들으면 사막을 건너는 낙타의 방울소리가 들려요

무수한 이름들이 참 붉어요
네 안에서 반짝이는 별들아
풀들아 나무들아 내 곁을 스쳐간 주름들아

하나하나 떠올려보면
붉지 않은 것이 없어요

– 「장미」 전문

모든 존재는 서로에게 스미고 섞인다는 전일적 존재론이
시인의 시의식이다. '장미'에는 "먼 우주에서 날아온 어느 뜨락의 한 잎", "바람이 남긴 족적", "노을", "두고 온 어느 한 때" 등이 스며 있다. "가만히 들으면" '장미'에서 "사막을 건너는 낙타의 방울소리"가 들린다. 시공간과 존재의 경계를 넘는 시적 의장을 통해 신비한 아름다움을 직조하고 있다.

울타리에 핀 장미는 어느새 "내 화분에서 자라는" 그것과 동일화된다. 그 사이에는 "꽃으로 한 순간", "흩어져 바람으로 한 순간", "강으로 흐르던" 어느 순간이 있었다. 엄태지 시인은 어느 한 순간, 어느 한 장면에서 긴 역사를 헤아리는 감각이 탁월하다. 그가 읽어내는 길고 긴 '울음의 내력'도, '주름'에 함의된 시간도 찰나의 한 장면에서 풀어내고 있지 않은가.

이 시에서 눈길을 끄는 것은 '붉음'이다. 이는 장미의 색에서 비롯된 것이겠으나 "무수한 이름들이 참 붉"다는 것에서 그것은 "인력사무실 연탄난로 가에 모여 있는 붉은 손들"과 '얼어터지는 겨울에 붉게 살아붙은 겨울냉이'(「홈너머에서」)를 환기하게 한다. 그러므로 '별들', '풀들', '나무들', "내 곁을 스쳐간 주름들"이 모두 '붉고 반짝인다'는 것은 이들 모두 누군가의 '울음'을 받아내는 존재이자 '울음'을 사는 낮고 뜨거운 존재였다는 의미로 읽을 수 있다. 엄태지의 시세계에서 모든 존재는 결코 고립적으로 존재하지 않으며 이렇게 끈끈하게 연결되어 있다.

'장미'에는 온 우주의 시간과 공간과 존재가 스며 있다.

모든 것이라는 것은 결국 아무것도 아니라는 의미와 통하는 법, '장미'가 결국 '허공'일 수밖에 없는 이유다. '장미' 한 잎에도 온 우주를 담고 그것을 '허공'으로 변주할 수 있는 이가 엄태지 시인이다.

3. 꽃, 문의

어둠도 저리 환해질 수 있단다
나는 목련꽃 아래서
목련이 피워 올린 지층의 어디쯤을 바라본다
뿌리로 뻗어갔을 구간과
별자리처럼 펼쳤을 그 노동에 대해
보아라, 지상의 푸른 나무 아래를
거기 우리는 의자 하나 놓고 앉아
다만 꽃과 그늘진 바람에 관해서만 이야기하지
저토록 환한 순도의 노동을 기억해주었던가
저 눈부신 물빛
뿌리가 밀어 올린 어둠의 흰 근육들이 툭툭 불거진다
물관으로 이어진 막장
갱도는 목련 꽃송이만 한 불빛으로 환했다고 하자
그리하여 목련이 핀다
나는 이제야 고개를 들고 본다
저 노을과 강과 한 마리 날아가는 저녁 새
무엇이 지고 흘러가는 것이냐
어둠을 밟고 선 지상의 불빛이여
어둠이 아니었다면 어떻게 일어났겠느냐

목련은 송이송이 어둠을 켜 들고 있다
무수히 뻗어간 뿌리의 불빛을

– 「목련꽃 아래서」 전문

이 시에서 목련꽃은 '어둠', 더 구체적으로는 '환해진 어둠'이다. 목련꽃이 피면 모두가 "꽃과 그늘진 바람에 관해서만 이야기"하지만 시인은 어둠과 밝음의 관계, 그것들의 '노동'에 대해 생각한다. 그 '노동'은 "뿌리가 뻗어갔을 구간", 즉 '지층'에서 이루어진다. 그리고 일반적으로 그것은 어둠의 공간이다. 아름답고 환한 목련꽃을 피우기 위해서는 어둠 속에서의 노동이 필요하다는 의미일까. "어둠을 밟고 선 지상의 불빛이여 / 어둠이 아니었다면 어떻게 일어났겠느냐"라는 시구를 보면 그런 것도 같다. 그런데 이런 인식은 너무 뻔하고 교훈적이다. 시적이지 않다는 의미다.

이 작품이 시가 되는 지점은 어둠과 밝음이라는 이분법적 대립이 깨어지는 대목이다. 우리가 어둠이라고 미루어 짐작하는, 혹은 그렇게 보이는 시공간이 사실은 "목련 꽃송이만 한 불빛으로 환했다"는 것이고 우리가 환한 불빛으로 보는 목련꽃은 "송이송이 어둠"이라는 것이다. 밝음을 위해 어둠이 존재하는 것이 아니다. "어둠의 흰 근육", "송이송이 어둠"에서 보듯 밝음은 곧 어둠이고 어둠 안에 이미 밝음이 있었던 것이다. "저 노을과 강과 한 마리 날아가는 저녁 새"를 두고 "무엇이 지고 흘러가는 것이냐"라고 묻는 까닭이 여기

에 있다. 뜨고 지는 것, 가고 오는 것의 의미 또한 이와 같은
이치에서 대립적 관계는 파기된다. 이러한 인식을 보다 구체
적으로 보여주고 있는 시가 「꽃의 경계」이다.

철조망 울타리를 넘어온 라일락이 이쪽에
향초 같은 향기를 풀어놓네
이쪽이 뭐 그리 궁금하다고
저 쪽문의 틈을 비집고 넘어왔을까 몰라

영산홍도 넘어오고
쥐똥나무도 넘어오고

내가 저쪽을 궁금해 하면서 늙어가듯
저쪽에서는 이쪽이 궁금한 모양
어쩌면 이쪽저쪽이 한 세계인지 몰라
가고 오는 일이 꽃 한 송이 피었다 지는 일일까 몰라

새 풀 먹인 베옷 같은 꽃송이들이 참 곱기도 하지
저쪽에서 넘겨받은 수의 같은 꽃 한 벌
흰나비가 꽃의 경계를 넘어가네 이 봄날
                                   – 「꽃의 경계」 전문

"철조망 울타리"를 경계로 '이쪽'과 '저쪽'으로 구분되
는데, 그 각각의 방향은 삶과 죽음의 세계를 표상한다. 여
기에서 죽음은 비극적으로 그려지지 않으며 '라일락 향
기', "새 풀 먹인 베옷 같은 꽃송이들"과 같이 오히려 아

름다움으로 은유되고 있다. 시인은 "내가 저쪽을 궁금해
하면서 늙어가듯 / 저쪽에서는 이쪽이 궁금한 모양"이라
며 그 경계를 한껏 낮추는가 하면 "어쩌면 이쪽저쪽이 한
세계인지 몰라 / 가고 오는 일이 꽃 한 송이 피었다 지는
일일까 몰라"라고 경계를 무화시키고 있다. 생과 사라는
견고한 이항대립조차도 과감하게 허물고 있는 것이다.

어떻게 삶과 죽음이 한 세계일 수 있는가 의아하지만,
앞에서 살폈던 시인의 순환론적 세계관이라든가 전일적
자연관을 상기하면 이는 금방 이해할 수 있게 된다. '장
미' 한 송이에도 '무수한 이름'의 탄생과 소멸이 내재되
어 있으며 그 삶들은 어느 하나 "붉지 않은 것이 없"었
다.(「장미」) 삶 속에 이미 죽음이 자리하고 있으며 죽음은
또 다른 삶으로 계속 이어지고 있는 것이다.

> 나는 이쪽에 서 있다 궁촌리 겨울 강
> 그 위에 눈은 내려 모든 경계는 모호하다
> 그러나 저 얼음 아래로는
> 얼마나 깊고 건강한 강이 흘러가는가
> 나는 쩡쩡 갈라 터지는 강의 소리를 듣는다
> 울음이었다고 하고
> 직벽의 낙화와 같이 떨어져 내렸다던가
> 그런 까닭에 이제 모든 지점이 한 곳에서 만나
> 또 다른 우화의 세계로 흐른다
> 어디이던가 바다도 끝이 아니었으므로
> 물은 하늘빛 서녘

무너져 내린 꽃무리의 계절과 허옇게 드러난 뿌리에서까지
반짝이는 반짝이는 별을 떠올린다
지금 강은 얼어서 눈에 묻히고
누가 저 여백의 흰 등뼈에 갑골문으로 저를 내려놓았는가
"미치게 사랑한다"
아, 봄이면 강은 저 미친 사랑도 풀어 안고 흐르리라
어디 한 번이라도 얼어 터져 보지 않은 생이 있었을까
내면은 그리하여 소용돌이치고
바다를 지나 모든 기도가 가 닿아야 할 거기 어디
꽃이 핀단다
나는 거기 꽃을 향해
오늘 겨울 강의 흰 등을 밟고 건너는 것이다

- 「겨울 강」 전문

    엄태지 시인의 시에는 꽃이 많이 등장한다. 꽃이 나오지 않는 시를 찾기 어려울 정도다. 그의 시에서 꽃은 인간 존재, 인생, 죽음 등 다양한 의미로 변주된다. 위 시에서 '꽃'은 이상 세계의 표상이다.

    '나'는 '이쪽'에 서 있고 '꽃'은 '거기'에 있으며 그 사이에는 얼어붙은 '강'이 있다. 여기에서 '겨울 강', 얼어붙은 '강'이란 냉혹한 현실의 실존적 삶을 의미하는 것임을 어렵지 않게 유추할 수 있다. 이러한 삶의 이미지가 "직벽의 낙화", "무너져 내린 꽃무리", "허옇게 드러난 뿌리" 등이 될 것이다. 그러나 시인이 이와 같은 삶을 비극적으로 인식하는 것은 아니다. "반짝이는 반짝이는 별을 떠

올린다"거나 얼음 아래로 "깊고 건강한 강이 흘러가"고 있다는 표현에서 삶에 대한 긍정적 인식을 확인할 수 있다. 눈이 덮여 있는 얼어붙은 강 위에 새겨져 있는 "미치게 사랑한다"는 갑골문은 또 어떠한가. 고통이든 미친 사랑이든 그 모든 것을 풀어 안고 흐르는 것이 삶이라고 다독이는 듯하다.

강은 흘러서 바다에 이른다. 그런데 시인은 "바다도 끝이 아니"라고 언표하고 "바다를 지나 모든 기도가 가 닿아야 할 거기"를 상정한다. '거기'에 '꽃'이 핀다. 서정적 자아가 "오늘 겨울 강의 흰 등을 밟고 건너는" 까닭은 "거기꽃"에 이르기 위해서다. 그렇다면 '거기'는 어디일까. 이 시집의 표제작인 「문의 가는 길」에서 간취해볼 수 있다.

길은 숲에서 끝나 있었지 그 숲에
버려진 구두 한 짝
속에서 냉이가 꽃대를 올리고 있었어

누구의 길이었을까
닳은 뒷굽에 참 여러 번 휘청거렸겠다 싶었네

어쩌면 냉이는 구두를
읽고 또 읽고 점자를 읽듯 꽃을 찾았을지도
젖은 골판지 같은 발바닥으로 길을 읽듯

또각또각 피워 올린 하얀 구두꽃

설마 누가 길을 버리기야 했을까마는
버려진 구두를 신은 냉이가 꽃으로
내게 물었던 것인지 몰라

문의는 어디로 가나요
　　　　　　　　　　　　　　　　－「문의 가는 길」전문

　　서정적 자아는 "숲에 버려진 구두 한 짝 / 속에서 냉이
가 꽃대를 올리고 있"는 것을 보게 된다. 그의 시선은 뒷굽
이 닳아 있는 "버려진 구두 한 짝"에 가닿고 거기에서 "여
러 번 휘청거렸"을 삶을 읽어낸다. '냉이' 또한 "구두를
읽고 또 읽"는데 "점자를 읽듯" '울음의 내력'을 더듬고 있
는 것이다. 중요한 것은 이것이 '꽃'과 연결된다는 사실이
다. "또각또각 피워 올린 하얀 구두꽃"은 냉이와 "버려진
구두 한 짝"이 동일화되어 꽃을 피운 것을 형상화한 것이
다. 구두의 울음을 읽고 또 읽어 온전히 구두와 하나가 되
었을 때 꽃을 피울 수 있었다는 의미이다.
　　"버려진 구두"와 하나가 된 '냉이'가 서정적 자아에게 '문
의 가는 길'을 묻는 대목은 의미심장하다. '문의'는 어디
이고 무엇을 상징하는 것일까. 「겨울 강」에서 서정적 자아
는 "거기 꽃"에 이르기 위해 얼어붙은 "강의 흰 등을 밟고 건
너"고 있었다. 주어진 고통의 삶을 한 발 한 발 내디디고서야
이르게 되는 '거기', "모든 기도가 가 닿아야 할 거기"가 바
로 '문의'가 아닐까. 그런데 냉이는 "버려진 구두"와의 동

일화를 통해 꽃을 피웠다. 그러므로 '거기'는 "버려진 구두 속"이자, '길이 끝나 있'는 '여기'가 된다. 중요한 것은 '거기' 혹은 '문의'의 정체성이 존재의 울음을 읽고 울음으로 들어가 하나가 되는 것에 있다는 사실이다. '문의 가는 길'이란 결국 타자의 울음에 이르는 길이 되는 셈이다.

시인에게 '거기'나 '문의'는 현실을 벗어난 초월적 세계가 아니었다. 시인은 초월적 세계를 상정해 두고 '거기'로 도피하지도, '거기'에 이르기 위해 현실을 유보하지도 않는다. 오히려 그 세계를 '지금 여기'의 현실로 끌어들이고 있다. 타자의 울음을 이해하고 자신의 것으로 받아들이는 여기가 바로 '거기'이고 '문의'인 것이다.

엄태지 시의 주요 소재는 '울음', '주름', '경계', '꽃' 등인데 이들은 때때로 원이나 선, 면 등 기하학적 이미지를 통해 의미로 발현한다. 또 이들은 단독적인 소재로 작용하는 것이 아니라 서로 유기적으로 연결되어 이 시집의 전체 주제랄까 의미를 직조한다. 그런 의미에서 시인의 작품들은 매우 논리적이고 구조적이라 할 수 있다. 그러면서도 존재와 세계, 삶과 죽음에 대한 인식은 논리나 합리성과는 거리가 멀다. 신비주의에 가까워 보이기까지 한다. 이성적인 신비주의랄까. 시인에게는 허물어지지 않는 경계가 없는 듯하다. 모든 경계를 모호하게 하고 무화시키는 시적 의장을 그는 시세계의 구조에도 적용하고 있다. 이런 조응이 그의 시를 아름답게 하는

요소이거니와 읽는 재미이기도 하다.

 엄태지 시의 존재들은 처연하고도 눈물겹다. 그런데 이 낮고 낡고 비루한 존재들이 '울음'을 매개로 이루는 연대와 동일성에서는 "깊고 건강한 강"의 흐름을 느낄 수 있다. 이 서정적 역동성, 역동적 서정성의 아름다움이야말로 엄태지 시인만의 득의의 영역이 아닌가 한다.

박진희 | 문학비평가

시와정신시인선 44

문의 가는 길

ⓒ엄태지, 2023

초판 1쇄 | 2023년 6월 20일

지 은 이 | 엄태지
펴 낸 곳 | **시와정신사**
주   소 | (34445) 대전광역시 대덕구 대전로1019번길 28-7
　　　　　　신창회관 2층
전   화 | (042) 320-7845
전   송 | 0507-075-2874
홈페이지 | www.siwajeongsin.com
전자우편 | siwajeongsin@hanmail.net

공 급 처 | (주)북센 (031) 955-6777

ISBN 979-11-89282-47-9   03810

값 10,000원

· 이 책의 판권은 엄태지와 **시와정신**에 있습니다.
· 지은이와 협약에 의하여 인지를 생략합니다.
· 잘못된 책은 바꿔드립니다.
· 이 책은 충청북도, 충북문화재단의 후원으로 문화예술육성지원사업의 일
환으로 지원받아 발간되었습니다.